EL LIBRO
DE ORO
DE LOS
ABUELOS

EDICIONES EKARÉ

©2002 Ediciones Ekaré
Edif. Banco del Libro
Av. Luis Roche, Altamira Sur
Caracas, Venezuela

Todos los derechos reservados
Edición a cargo de Carmen Diana Dearden
Dirección de Arte: Irene Savino
Rediseño: Ana Carolina Palmero

ISBN 980-257-274-8
HECHO EL DEPOSITO DE LEY
Depósito Legal lf 15120018002705
Impreso en Hong Kong por *South China Printing Co.*
(1988) Ltd., 2002

Versiones de
PILAR ALMOINA DE CARRERA
PASCUALA CORONA
CARMEN HENY
RAFAEL OLIVARES FIGUEROA
RAFAEL RIVERO ORAMAS
MARGOT SILVA

con ilustraciones de
MARÍA FERNANDA OLIVER
HEINZ ROSE
IRENE SAVINO

CONTENIDO

INTRODUCCIÓN

Los cuentos populares han sido, tradicionalmente, los más sabrosos de escuchar y de contar, pues expresan los más profundos anhelos, sueños, esperanzas e idiosincrasias de los pueblos. Se han hilado a través de los siglos y tienen una integridad, profundidad y misterio que nos tocan íntimamente. Tienen la virtud de traspasar las barreras sociales y las fronteras geográficas.

El cuento folklórico es universal. Sus versiones se han diseminado por años de la China a Europa, del Viejo al Nuevo Mundo; de las aldeas de África a las cortes de los reyes, de los bosques amazónicos a las congestionadas ciudades. Como dice Stith Simpson en su libro **El Cuento Folklórico**, "...los cuentos sobre el presente y el misterioso pasado; de animales, dioses y héroes; de hombres y mujeres comunes, mantienen a la gente hechizada o enriquecen la conversación cotidiana. El sacerdote y el sabio, el campesino y el artesano, a todos los une el amor por un buen cuento y honran a quien lo cuenta bien."

Los once cuentos de esta antología son versiones criollas de relatos de diversas partes del mundo, heredados de generación en generación hasta llegar a América Latina y Venezuela.

__María Tolete__ es una versión tropical de __La Cenicienta__, donde ha desaparecido el hada madrina, pero se mantiene el motivo apasionante de la desconocida en el baile.

__Juan Cenizo__ es la historia mil veces repetida del hermano menor que hace las cosas mejor que sus hermanos mayores. Es casi idéntico en su estructura a __El barco volador__, un cuento popular ruso donde aparecen el hombre veloz, el gran comedor, el gran bebedor y el extraordinario cazador.

En __La muchacha y el pez__ hay un pez que sale del agua cada vez que lo llaman, un motivo similar al de __El pescador y su mujer__, sólo que el desarrollo es completamente diferente: en el cuento venezolano se trata de un primer amor frustrado por los padres y no de la historia de la codicia desmesurada. Algunos folklorólogos sostienen que es un cuento de raíz africana.

Existe una versión española de **Blancaflor**, con el mismo nombre, muy parecida al cuento de este libro. En ambos, la heroína usa sus dotes mágicas con desparpajo para auxiliar al hombre que le gusta y ayudarlo a pasar las pruebas que le pone su padre.

Las tripitas repite el motivo de la muchacha bondadosa y la malvada que es premiada o castigada por su conducta. En el cuento recopilado por los hermanos Grimm, la malvada echa sapos y culebras por la boca; en el cuento venezolano, le sale un moco de pavo en la frente.

El Pájaro Grifo se relaciona con el cuento alemán del mismo nombre y con **Los tres pelos del diablo**, donde el héroe debe llevar a cabo la difícil empresa de quitarle tres pelos al diablo o tres plumas al Pájaro Grifo para poder casarse con la hija del rey.

El enano Gurrupié no es otro que el sastrecillo valiente engañando al gigante con la picardía y la astucia de Pedro Rimales.

Onza, Tigre y León es una versión venezolana de **Hansel y Gretel** donde no hay casita de chocolate sino una vieja tuerta friendo tajadas de carne.

En ***La maceta de albahaca*** encontramos a la plebeya que compite en ingenio con el rey y logra vencerlo.

Existe una versión en España, muy parecida a ésta, de ***El pájaro que habla, el árbol que canta y la fuente de oro***, que tiene el motivo recurrente y milenario de los niños botados en el río, recogidos por campesinos y reunidos al final con su padre, el rey, quien ha mantenido a la reina enjaulada por años. En esta versión es la hermana menor quien logra salvar a sus hermanos. Ha dejado en muchas niñas que la han escuchado la convicción del poder de la mujer.

Todas estas historias tienen dos cosas en común: el humor criollo reflejado particularmente en la chispa del lenguaje, y que han sido narrados por personas para quienes un cuento es parte de la vida cotidiana, parte de la cobija con que arropan a sus hijos todas las noches, porque como dijo Lewis Carroll, los cuentos son regalos de amor.

CARMEN DIANA DEARDEN

Juan Cenizo

VERSIÓN
PILAR ALMOINA DE CARRERA
ILUSTRACIONES
IRENE SAVINO

Había una vez una señora que tenía tres hijos. Dos eran muy avispados y uno, que se llamaba Juan Cenizo, tenía fama de tonto. Y había también, por esos tiempos, un rey que mandó a decir que quien le hiciera un barco que navegara por agua y por tierra, tendría derecho a casarse con su hija.

Al saber esto, el mayor de los tres hermanos dijo:

—Yo voy a construir ese barco para casarme con la princesa.

Y le pidió a la mamá que le preparara el avío y la comida para el viaje. La mamá le hizo una torta grande y exquisita y lo despidió en la puerta de la casa.

Así, el mayor de los tres hermanos se fue a la montaña a tumbar árboles para hacer el barco, pero cuando iba a pasar el río, se encontró con una señora que llevaba un niño en brazos.

—Ayúdame a pasar al niño -le pidió la mujer, y el joven le respondió:

—Yo no la mandé a tener ese niño.

Y cruzó el río sin volver a mirar para atrás.

Llegó a la montaña, tumbó un árbol y se puso a cuadrarlo. En eso, llegó un viejito y le preguntó:

—¿Tienes algo de comer, buen joven?

—Sí, una torta, pero es para mí solo -le respondió el joven avispado.

—¿Y qué harás con ese tronco?

Y el joven le respondió:

—Trompos y cucharas.

A lo que el viejito replicó:

—Eso mismo te saldrá.

Y todo el palo, mientras el joven trataba de cuadrarlo, se iba convirtiendo en trompos y cucharas. Todo el día pasó tratando de hacer el barco, pero al tocar la madera con el hacha, salían trompos y cucharas. Al fin se cansó del esfuerzo inútil y regresó a su casa.

Entonces, el otro de los hermanos avispados anunció que él sí se iba a casar con la princesa, porque él sí iba a hacer el barco. Y le dijo a la mamá que le preparara el avío y la comida para irse a la montaña. Y ella le preparó un bizcocho muy sabroso.

Se fue el segundo hermano y, al ir a pasar el río, se encontró con la misma señora acompañada del niño.

—Ayúdame a pasar al niño -le dijo la señora, pero el joven no quiso hacerlo y le respondió igual que su hermano mayor:

—Yo no la mandé a tener ese niño.

Y cruzó el río sin ayudarla.

Llegó a la montaña a tumbar árboles. Tumbó el primero y en ese mismo momento apareció el mismo viejito de la otra vez. Y le preguntó:

—¿Tienes algo de comer, buen joven?

—Sí, un bizcocho, pero es para mí solo -le respondió

el joven.

—¿Y qué harás con ese tronco?

—Trompos y cucharas.

Y el viejito replicó:

—Eso mismo te saldrá.

Desapareció el viejito, mientras el segundo de los hermanos cuadraba y trozaba el tronco, pero al tocar la madera con el hacha, sólo le salían trompos y cucharas. Hasta que el joven se aburrió de aquello y se regresó para su casa.

Entonces, Juan Cenizo, el hermano que tenía fama de tonto, dijo que él sí se iba a casar con la hija del rey, porque él sí iba a hacer el barco que caminara por agua y por tierra. Y le pidió a la mamá que le preparara el avío y la comida para irse a la montaña.

—Pero si no han podido hacerlo tus hermanos que son avispados, ¿cómo vas a lograrlo tú que eres tonto? -le dijo su mamá.

—Pues me voy de todas maneras -dijo Juan Cenizo. Y la mamá fue a prepararle el avío. Pero sólo le quedaba un gallo y eso fue lo que cocinó para Juan Cenizo.

Muy contento partió al día siguiente. Y al ir a pasar el río, se encontró con la señora que llevaba al niño en brazos.

–Ayúdame a pasar al niño -le dijo.

Y Juan Cenizo tomó al niño con mucho cuidado y lo pasó al otro lado del río. Después ayudó a la señora y se despidió de ellos.

Siguió su camino montaña arriba y, cuando encontró un árbol derecho y alto, se puso a tumbarlo. Entonces apareció el viejito y le preguntó:

–¿Tienes algo de comer, buen joven?

–Sí, tengo un gallo que me preparó mi mamá. Podemos comerlo entre los dos -le contestó Juan Cenizo.

Cuando terminaron de comer, el viejito le dijo a Juan que siguiera trabajando. Y desapareció. En cuanto Juan Cenizo tomó el hacha y miró hacia donde estaba el árbol que había tumbado, vio que el barco estaba ya hecho. Feliz, se subió al barco y se fue camino del palacio del rey.

Iba navegando en medio del bosque cuando se encontró con un hombre que tenía un saco de maíz.

–Llévame -le dijo el hombre.

–¿Quién eres tú? -le preguntó Juan Cenizo.

–Soy Florín Floridor, el Gran Comedor.

Y para probarlo, se agachó y se tragó de una sola vez todo el saco de maíz tostado que tenía delante.

–Vente conmigo -le dijo Juan Cenizo, y Florín Floridor se subió al barco.

Siguieron navegando por el medio del bosque y un poco más allá se encontraron con otro hombre que estaba bebiendo agua de un río. Juan Cenizo paró el barco y le dijo:

–¿Quién eres tú?

–Soy Amín Amador, el Gran Bebedor.

Y al momento se agachó y sorbió el río de un solo trago. Luego, se subió al barco y siguieron camino hacia el palacio del rey. Pero, un poco más allá, encontraron a un hombre que estaba cazando pájaros con su honda. Juan Cenizo detuvo el barco y le preguntó:

—¿Quién eres?

—Soy Niquín Nicanor, el Gran Cazador.

Y en seguida apuntó con su honda y tumbó a un ave que estaba a trescientas leguas de distancia. Luego, se subió al barco y siguieron navegando por medio del bosque.

Más adelante, se encontraron con un hombre que estaba soplando por una de las ventanas de su nariz.

—¿Quién eres? -preguntó Juan Cenizo.

—Soy Sofín Sofanor, el Gran Soplador.

Y entonces, sopló por una de las ventanas de su nariz y tumbó todos los árboles de la montaña que estaba enfrente.

—Vente conmigo -le dijo Juan, y el hombre se subió al barco. Siguieron navegando y navegando por tierra y por mar hasta que llegaron al palacio del rey.

Juan Cenizo le dijo a los guardias que traía el barco que el rey había pedido y los dejaron pasar.

El rey quedó muy asombrado al ver el hermoso barco y le dijo a la princesa que tenía que casarse con Juan Cenizo. Pero la princesa, en cuanto lo vio, dijo que no se casaría con ese tonto. Y convenció al rey de que le pusiera unas pruebas a Juan Cenizo. Juan estuvo de acuerdo, siempre que lo pudiera acompañar uno de sus amigos en cada prueba. Entonces, la princesa mandó a que pusieran en un cuarto del palacio toda la comida que pudiera caber. Juan Cenizo debía comérsela en un día. Juan le pidió a Florín Floridor que lo acompañara en la prueba y los guardias encerraron a los dos en el cuarto. Y en un dos por tres, Florín Floridor, el Gran Comedor, se comió toda la comida que había en el cuarto.

Entonces, la princesa, con mucha furia, mandó a que pusieran toda la bebida que cabía en la habitación. Y así lo hicieron.

–Ahora te bebes todo lo que está allí -le dijo la princesa.

Juan le pidió a Amín Amador que lo acompañara

en esta prueba. Los encerraron, y en menos de lo que canta un gallo, Amín Amador, el Gran Bebedor, se bebió todo, todito.

La princesa, con mucha rabia, dijo entonces que ella se pondría del otro lado de la laguna del palacio y alzaría su mano. Juan debía tumbar de un solo tiro la piedra que llevaba en el anillo. Entonces Juan le pidió a Niquín Nicanor que lo acompañara. Los encerraron en el cuarto y, desde la ventana, Niquín Nicanor, el Gran Cazador, apuntó al anillo. De un solo hondazo, le botó la piedra del anillo sin que la princesa se diera cuenta siquiera.

Ahora sí que la princesa estaba furibunda. Dijo que no se casaría con Juan Cenizo, de ninguna manera, pero el rey le insistió en que tenía que cumplir con su promesa, porque Juan había salido bien en las tres pruebas que le había puesto. La princesa inventó entonces una cuarta prueba. Quería que Juan le trajera agua de la fuente más lejana antes de que regresara la paloma mensajera que ella iba a soltar. Juan dijo que estaba bien, pero que le dieran un vaso de cristal y que lo acompañara Sofín Sofanor. Los encerraron en el cuarto. Desde una torre del castillo, la princesa soltó la paloma mensajera. Y entonces, Sofín Sofanor, el Gran Soplador, sopló con fuerza y delicadeza por una de las ventanas de su nariz y el aire se fue veloz sosteniendo el vaso de cristal, llegó hasta la fuente más lejana y trajo volando un vaso con agua clara y fresca hasta las manos de la princesa antes de que volviera la paloma.

Entonces, el rey le dijo a su hija:

—Ahora sí tienes que casarte con él.

Y así fue. La princesa se casó con Juan Cenizo. Pero ese mismo día, ella le dijo:

—Ya que eres capaz de hacer tantas cosas raras y difíciles, ¿por qué no te cambias la cara de tonto?

—Está bien -dijo Juan y cambió la cara.

La princesa estaba muy contenta con la nueva cara de Juan, pero quería otra cosa: le pidió que fabricara un palacio mejor que el del rey.

A la mañana siguiente se cumplió su deseo. Juan Cenizo y la princesa se hallaron en un hermosísimo palacio. Los guardias, al ver esto, fueron a contarle al rey que al frente había un palacio mejor que el suyo. El rey, entonces, ordenó:

–Que venga el tonto.

Los guardias corrieron a avisarle, pero Juan Cenizo le mandó decir que la misma distancia había de su palacio al del rey que del palacio del rey al suyo, y que por lo tanto, viniera él.

Fue el rey al palacio de Juan Cenizo, y al ver que el tonto ya no lo era, se quitó la corona y se la puso a él.

LA MUCHACHA Y EL PEZ

VERSIÓN
PILAR ALMOINA DE CARRERA
ILUSTRACIONES
HEINZ ROSE

Éstos eran dos niños, una hembra y un varón, que vivían con sus padres en un rancho. Todos los días los niños salían a buscar leña al monte.

Una vez cayó un aguacero muy fuerte y, cuando al fin escampó, los dos niños salieron como todos los días en busca de la leña que hacía falta en la casa. Mientras recogía leña, la niña encontró un pocito donde había un pequeño pez y se quedó allí contemplándolo, mientras su hermano terminaba de recoger la leña.

Al poco rato, la niña le cantó al pez esta canción:

Con mi palanquilla, sirena, unangolá.
Y mi amiguito, sirena, ¡un pejespá!

Volvió a cantar y entonces el pez salió del agua, diciéndole:

Cayón, Cayón, llegó.

Su hermano regresó y le preguntó:
—¿Qué haces, mi hermanita?
—Aquí, mirando un pececito con el que me voy a casar.
Se fueron los hermanos hasta el rancho y no dijeron nada a los padres.
Al día siguiente, salieron otra vez a cortar leña. La niña le llevó migas de pan al pez y le cantó la misma canción del día anterior. Entonces el pez volvió a salir.
Así pasaron los días; cada vez iba la niña a ver al pez. Con el tiempo, el pozo se fue haciendo

grande y profundo, y el pececito se convirtió en un enorme pez. La muchacha se transformó en una hermosa señorita.

Los padres se pusieron maliciosos porque ella siempre quería ir a buscar leña y se tardaba mucho en regresar. Entonces, interrogaron al hermano, y él no pudo seguir ocultando el secreto. Dijo que un enorme pez hablaba con su hermana cuando ella le cantaba una canción. Al día siguiente, cuando los hermanos fueron a recoger leña al monte, los padres los fueron siguiendo sin que ellos se diesen cuenta y vieron cómo el pez salía del agua al conjuro del canto de la muchacha.

Después de que la muchacha se fue, los padres se acercaron al pozo, y el padre cantó:

Con mi palanquilla, sirena, unangolá.
Y mi amiguito, sirena, ¡un pejespá!

El pez, al oír aquel vozarrón, se hundió más en el agua.

Entonces, la madre, imitando la voz de la hija, cantó:

Con mi palanquilla, sirena, unangolá.
Y mi amiguito, sirena, ¡un pejespá!

El pez, creyendo que era la muchacha que lo llamaba, salió enseguida cantando:

Cayón, Cayón, llegó

Rápidamente el padre le dio un golpe, atontándolo. Lo sacaron del pozo y lo llevaron al rancho. Allí lo limpiaron y lo prepararon para la cena. Las escamas las escondieron en el baúl de la hija. Cuando los hermanos regresaron, la madre sirvió la comida. La muchacha dijo que no tenía hambre y se fue a su habitación. Abrió el baúl, vio las escamas y comprendió lo que había pasado. Grande fue su dolor por la muerte del pez. Corrió hasta la orilla del pozo y vio que se había secado. Dejó las escamas allí y se sentó a llorar desconsoladamente.

Los padres, cuando se dieron cuenta de que su hija no estaba, fueron a buscarla al pozo pero sólo encontraron a flor de tierra sus cabellos. Tiraron con fuerza de ellos, llamándola, pero todo fue inútil.

La muchacha había desaparecido, tras el recuerdo de su querido pez.

LAS TRIPITAS

VERSIÓN
MARGOT SILVA
ILUSTRACIONES
MARÍA FERNANDA OLIVER

Ésta era una vez una niña que tuvo que quedarse sola con su madrastra cuando su papá hizo un largo viaje. Entonces, la madrastra y la hermana aprovecharon para tratarla muy mal.

Un día, la mandaron a limpiar unas tripitas para hacer un mondongo. Fue la niña a lavarlas al río, y estaba en eso, cuando una sardina agarró la punta de una de las tripitas y se la llevó. La niña corrió por la orilla del río, asustada, gritando:

¡Sardinita, dame mi tripita!
¡Sardinita, dame mi tripita!

Pero la sardinita iba nadando tan rápido que casi volaba. La niña no podía alcanzarla y corriendo, corriendo detrás de ella, se alejó de su casa. Cuando por fin quiso regresar, sin haber conseguido la tripita, se dio cuenta de que se había perdido. Miró a todos lados y sólo vio un sendero estrecho que la llevó hasta una casa chiquita pintada de azul. En la puerta había un viejito ciego sentado en un butacón.

Cuando escuchó los pasos de la niña, le habló:

– Niña, tengo mucha sed. ¿Puedes darme un vaso de agua?

– Sí, sí, ya le traigo un vaso de agua -dijo la niña y entró a la casa.

Estando en la cocina, pensó que era mejor prepararle desayuno al viejito y se puso a hacer arepas, café y perico. El viejito se comió todo y entonces la niña lo lavó, lo peinó y lo puso muy buenmozo. Luego le dijo que debía regresar a su casa.

– No es hora aún -contestó el viejito, y se escuchó el llanto de un niño.

—Es el niño que tiene hambre -dijo el viejito-. ¿Podrás atenderlo?

Y la niña entró nuevamente a la casa y vio a un niño pequeño llora que llora en su cuna. Lo tomó en brazos, lo bañó, le preparó una sopa y lo durmió.

—Es hora de irme -dijo la niña-. Adiós.

—No es hora aún, niña -dijo el viejito, y en ese mismo momento se sintió un alboroto en el gallinero.

—¿Qué les pasará a estas gallinas que están como locas? -preguntó la niña.

—Tienen hambre y sed -dijo el viejito.

La niña entonces buscó agua y maíz y las gallinas se tranquilizaron.

—Debo irme ahora -dijo la niña.

—No es hora aún -dijo el viejito y se escuchó el gemido de un perrito que parecía desmayarse de hambre.

La niña le dio de comer, lo acarició y volvió a despedirse del viejito, pero el viejito volvió a decir:

—No es hora aún -y se escuchó el maullido de un gato.

—Ya sé -dijo la niña- también tú tienes hambre.

Le puso leche en un pocillo, le pasó la mano por el lomo hasta que el gatito ronroneó y nuevamente se despidió del viejito.

—Aún no es hora de irse -volvió a decir el viejito mientras se escuchaba una voz que gritaba desde dentro de la casa:

—Detrás de la puerta está el lorito. ¡Se muere de hambre, pobre lorito!

La niña encontró al lorito detrás de la puerta y también le dio de comer.

—Ya es hora de irse -dijo el viejito entonces, y la niña por fin se despidió. Ya se iba alejando por el sendero cuando vio el jardín seco, las flores mustias llevando mucho sol. "No puedo dejar estas flores así" pensó, y regresó a regarlas. En eso estaba cuando escuchó unos pasos y, asustada, se escondió detrás de unas matas. "¿Quiénes serán?", pensó.

Eran siete señoras altas y hermosas.

Una de ellas se acercó al viejito y le preguntó:

—Abuelo, ¿quién lo puso tan buenmozo?

—Una niña que vino -contestó el viejito.

—Que se vuelva la niña más linda del pueblo -dijo la señora.

Y la segunda señora entró a la casa y vio al niño dormido.

—¿Quién atendió a mi niño, abuelo? -preguntó.

—Una niña que vino -contestó el abuelo.

—Que a esa niña, entonces, le aparezca una estrella en la frente -dijo la segunda señora.

Y la tercera señora encontró a las gallinas cacareando contentas y poniendo huevos.

—¿Quién le dio agua y maíz a mis gallinas, abuelo? -preguntó.

—Una niña que vino -contestó el viejito.

—Que esa niña, entonces, tenga siempre un pelo largo y sedoso -dijo la tercera señora.

Todas fueron preguntando y una a una fueron dándole las gracias: que fuera suave, que fuera graciosa, que hablara bonito y que cuando sonriera, echara perfume por la boca. Porque eran hadas. Las que vivían en la casita pintada de azul, eran hadas.

Cuando acabaron de darle las gracias, la niña regresó corriendo a su casa. Pero cuando llegó, la madrastra y la hermana se quedaron pasmadas de verla así, hermosa y con esa luz en la frente.

—¿Y dónde andabas tú metida? -le gritó la madrastra.

—Bueno... yo estaba en una casita -dijo ella bajito, porque siempre le pegaban y tenía mucho miedo.

—¡Mira! Yo no sé dónde estabas metida, pero lo que sí sé es que te vas a llevar a tu hermana ahorita mismo a la casa donde estuviste. La dejas allá y te regresas para que me vengas a fregar y a cocinar, porque con el cuento de la tripita esa, no almorzamos hoy. Y tú tienes la culpa. Vete ya con tu hermana.

La niña salió con la hermana y la dejó frente a la casita azul, donde estaba sentado el viejito.

Cuando la hermana iba a entrar a la casa, el viejito le habló:

—Niña, dame un vaso de agua.

—No, no -contestó la hermana-. Yo no he venido aquí a darle agua a viejos. No vengo a eso. Vengo a otra cosa.

—Tengo mucha sed -dijo el viejito-, pero a la hermana no le importó. Escuchó al niño llorando en la casa, entró y le dio dos nalgadas. Vio al perro gimiendo y le dio una patada. Escuchó el alboroto en el gallinero y abrió la puerta del corral; las gallinas se metieron en la cocina y quebraron los vasos y los platos. Le dio otra patada al gato y un escobazo al lorito.

Ya se iba, pisoteando las flores del jardín, cuando llegaron las siete señoras. Asustada, se escondió detrás de la puerta. Pero el loro se puso a gritar:

—¡Detrás de la puerta está! ¡Detrás de la puerta está!

Las hadas vieron al niño llorando, al perrito muerto, al gato asustado, las flores marchitas y a las gallinas picoteando por la cocina. Y cada una le fue mandando un daño. Una pidió que le crecieran tanto los pies que no le calzara ningún

zapato; otra, que tuviera el pelo tieso y seboso; otra, que cuando hablara tuviera un aliento desagradable, para que nadie se le acercara, y otra, que le creciera un moco de pavo en la frente. La hermana, entonces, se fue corriendo a su casa y, cuando la madre la vio, se llevó tremendo susto. Ahí mismo fue donde el médico para que le operara el moco de pavo. Pero no, el médico dijo que no era posible y le sugirió que le amarrara una cinta en la frente.

Así tuvo que hacer. Y obligó a la niña a que se amarrara también la frente para que no se le viera la estrella.

Por esos días anunció el rey que iba a hacer una fiesta en la plaza para que el príncipe eligiera esposa. Invitó a todas las niñas del pueblo.

La madrastra y la hermana se fueron a la fiesta, pero dejaron a la niña en la casa. Las hadas también fueron. Llevaron al lorito y lo pusieron en una mata cerca del rey y del príncipe.

Se sentó el rey, y el lorito empezó:

¡Majestad!
Estrella de oro está en la casa
y moco de pavo está en la plaza.
¡Majestad!
Estrella de oro está en la casa
y moco de pavo está en la plaza.

Y vuelta otra vez con lo mismo. Hasta que el rey se aburrió:

— ¿Qué es lo que me dice este lorito que me tiene fastidiado?

— Majestad, perdone -dijo una de las hadas- es que hay una niña muy linda que tienen encerrada en su casa. ¿Por qué no la manda a buscar?

— Inmediatamente. Vayan a buscarla.

Y un hada se montó en un coche de cuatro caballos y fue a buscar a la niña. La tocó con su varita mágica y tuvo un vestido precioso, le quitó la venda de la frente y se la frotó para que la estrella brillara. Entonces, subieron al coche y llegaron a la plaza.

En cuanto la vio, el príncipe se enamoró de ella y la eligió para casarse.

BLANCAFLOR

VERSIÓN
MARGOT SILVA
ILUSTRACIONES
IRENE SAVINO

Blancaflor era una niña muy hermosa y muy mágica. Su padre era un hacendado rico de muy mal carácter. Tan bravo era que a veces parecía el mismo demonio. Pero quería mucho a Blancaflor, no la dejaba salir a ninguna parte y no quería que se casara nunca.

Un día, llegó a la hacienda un muchacho pidiendo trabajo, y cuando el viejo lo vio, joven y buenmozo, pensó: "A éste no lo quiero yo aquí" e inmediatamente le dijo:

–No hay trabajo. Aquí no hay trabajo.

Entonces apareció Blancaflor y dijo con su voz suave de mariposa:

–Padre, déle usted trabajo, por favor.

Y el padre, como no podía negarse a lo que
Blancaflor le pedía, porque la adoraba, le dijo
al joven:

—Pase usted. Ya veremos qué trabajo le pondremos.

El joven entró y se fue detrás de Blancaflor, tan
bonita la encontraba. Blancaflor le dijo en un
susurro:

—Cuando quieras verme, frota este anillo y yo
apareceré de inmediato.

Y le puso un anillo en el dedo.

El viejo, mientras tanto, estaba hablando con el
mayordomo de la hacienda:

—Mayordomo -le dijo- hazme el favor de ponerle
una trampa a este hombre para que se vaya
mañana mismo. Yo no quiero que se quede.

—No se preocupe -contestó el mayordomo-, éste
no va a durar aquí.

Fue enseguida donde el joven y le preguntó:

—Usted, ¿cómo se llama?

—Pedro, señor.

—Bueno, Pedro, tendrás que limpiar este terreno,

sembrarlo de maíz, cosecharlo, molerlo y hacer un pan del tamaño de una rueda de carreta. Para mañana.

Le entregó un machete, un rastrillo y una hoz, todo de cartón, y lo dejó solo. Al ver el inmenso terreno y las herramientas que le habían dado, Pedro se echó a llorar:

–¡Ay! ¿Cómo voy a limpiar toda esta cantidad de monte con estos bichos de cartón?

Y llorando, se restregó los ojos con el anillo. Al momento se apareció Blancaflor:

–¿Qué te pasa?

–Pues, casi nada -contestó Pedro secándose las lágrimas. Y le contó lo que el mayordomo le había mandado hacer.

–Mmmmm. No te preocupes, Pedro bonito. Eso lo arreglo yo. Échate en mi falda y duérmete.

Así lo hizo Pedro y Blancaflor en un segundo limpió el terreno, sembró el maíz, cosechó, molió y preparó un pan grandote como una rueda de carreta.

—Ya está, Pedro. Despierta.

Pedro despertó, tomó el pan y se lo llevó al mayordomo. El mayordomo se lo llevó al patrón. Y el patrón se puso furioso y endemoniado.

—Éstas son cosas de Blancaflor -dijo-. Hay que ponerle algo de verdad difícil. Trae dos sacos de semillas de maíz, dos sacos de caraotas negras y dos sacos de arroz.

El mayordomo trajo los sacos y los vació en un cuarto; revolvió todas las semillas y luego llamó a Pedro y le dijo que tenía que separarlos grano por grano y ponerlos en cada esquina.

—¡Ay, mi madre! -dijo Pedro-. Ahora sí que estoy listo. ¿Cómo voy a separar grano por grano esta mescolanza?

Se apretaba las manos de desesperación, y en eso, frotó el anillo y enseguida apareció Blancaflor.

—¿Qué pasa ahora? -le preguntó.

Y Pedro le contó del nuevo trabajo que debía hacer.

—Mmmmm. No te preocupes, Pedro bonito. Eso lo arreglo yo. Échate en mi falda y duérmete.

Y cuando Pedro se durmió, Blancaflor llamó:

Ratoncitos, ratoncitos,
vengan, vengan sin demora;
no es mañana sino ahora.

Y aparecieron miles y miles de ratoncitos.
—Aquí las caraotas, aquí el maíz y aquí el arroz
¡sin que se liguen! -les ordenó Blancaflor, y los
ratones se pusieron a trabajar apartando las semillas y poniéndolas en cada esquina.
Por la mañana, cuando vino el mayordomo, el
trabajo estaba terminado.
—¡Patrón! Usted no lo creerá, pero el trabajo
está hecho.
Y el papá se volvió una furia. Fúrico estaba.
—No puede ser. ¿Cómo es que lo ha hecho?
Bueno, pero éstos eran trabajos fáciles. Ahora
vamos a hacer otra cosa.
Entonces, convidó a otros hacendados y se sentaron todos alrededor de un árbol. Llamaron a

Pedro y le mandaron a subir con una copa de
agua. Y si se le botaba una gota, una sola gota, lo
mataban. Pedro estaba temblando del susto.
Tanto temblaba que, sin querer, restregó el anillo
contra su camisa y enseguida apareció Blancaflor
y se sentó cerca del árbol.

Cuando Pedro empezó a subir con la copa de
agua, Blancaflor dijo en un susurro:

¡Cuájate, cuájate, cuájate!

Y el agua de la copa se cuajó y se volvió hielo y
Pedro no derramó ni una gota.

Y cuando el padre de Blancaflor y los hacendados
se acercaron a ver la copa de agua, Blancaflor dijo
en un susurro:

¡Licúate, licúate, licúate!

Y el hielo se derritió y se volvió agua nuevamente.
El papá no podía creer que a Pedro no se le cayera

ni una sola gota de agua. Y lo obligó a subir al árbol otra vez. Y otra vez. Y en una de esas, un poquitico de agua se derramó de la copa antes de transformarse en hielo.

—¡Ahí tienes! -dijo el viejo-. Se cayó una gota.

—No, padre, no. Fue una lágrima -dijo Blancaflor-. ¿No es verdad, señores?

Y los miró a todos con su mirada mágica. Los hacendados contestaron obedientes:

—Sí, señora Blancaflor. Fue una lágrima.

El padre de Blancaflor estaba tan furioso que se comía las uñas de la rabia. Sospechaba que era Blancaflor quien ayudaba a Pedro a pasar todas las pruebas. De manera que decidió que esa misma noche lo mataría. Pero Blancaflor escuchó cómo el viejo y el mayordomo planeaban matar a Pedro mientras durmiera y fue corriendo a buscar dos taparitas.

—Pedro -le dijo-, toma esta taparita y escupe en ella. Yo lo haré en esta otra.

Y escupieron y escupieron hasta que las taparitas

estuvieron llenas. Luego, Blancaflor les echó unos polvitos mágicos y las dejó sobre las mesas de noche.

—Ahora, Pedro, vámonos porque mi padre te quiere matar. Ve a la cuadra donde hay dos caballos. Uno gordo y bonito que se llama Viento, y otro flaco y feo que se llama Pensamiento. Trae solamente a Pensamiento.

Pero Pedro decidió que a él le gustaba más el caballo gordo y bonito y se montó en él y le llevó el flaco y feo a Blancaflor:

—Si a ella le gusta éste... se lo llevo.

—¡Ay, Pedro! -dijo Blancaflor, y se montó en su caballo. Salieron galopando, pero, claro, Pedro iba más atrás porque el pensamiento corre más que el viento.

Mientras tanto, el viejo y el mayordomo golpeaban a la puerta del cuarto de Pedro para saber si estaba dormido:

—¡Pedro! -decía el mayordomo.

Y la saliva contestaba:

–¿Señor?

–Aún no se ha dormido. Esperemos unos minutos -dijo el viejo-. Yo iré a ver si Blancaflor está durmiendo.

Y fue a tocar a la puerta de Blancaflor:

–¡Blancaflor!

Y la saliva contestaba:

–¿Padre?

Y así estuvieron un rato:

–¡Pedro!

–¿Señor?

–¡Blancaflor!

–¿Padre?

–¡Pedro!

–¿Señor?

–¡Blancaflor!

–¿Padre?

Hasta que la saliva se fue secando en las taparitas y las voces se fueron apagando. Entonces entró el mayordomo a matar a Pedro y se dio cuenta de que en el cuarto no había nadie.

—¡Se han escapado, señor! -gritó el mayordomo y fueron los dos a la cuadra a buscar caballos pero no estaban ni Viento ni Pensamiento. Entonces montaron en otros dos caballos y salieron galopando detrás de ellos.

Pedro y Blancaflor iban corriendo lejos de allí, pero el caballo de Pedro iba más lento y Blancaflor tenía que esperarlo. Y en un momento, Blancaflor mira hacia atrás y ve a su padre y al mayordomo que los vienen alcanzando.

—¡Ay, mi madre! ¡Ay, Blancaflor! Tu padre me va a matar -gritó Pedro asustado.

—No te preocupes, Pedro, esto lo arreglo yo.

Y Blancaflor sacó un alfiler que tenía prendido en el vestido y lo lanzó hacia atrás. Inmediatamente crecieron en el camino unas matas con unas espinas enormes que se clavaron en las patas de los caballos. Un espinero tupido que no los dejaba avanzar. Pero el mayordomo y el padre clavaron las espuelas a los caballos y con las patas sangrantes lograron atravesarlo. Al poco, ya los venían alcanzando, ya los iban a alcanzar.

–¡Ay, Blancaflor! ¡Haz algo! -gritó Pedro.

Y Blancaflor sacó un pedacito de jabón que tenía
en el bolsillo y lo lanzó hacia atrás. Inmediatamente se formó un barrizal en medio del
camino. Los caballos resbalaban y se caían y no
podían volver a montarlos.

Blancaflor y Pedro siguieron galopando y llegaron hasta una capillita.

–Ellos ya deben venir -dijo Blancaflor-, de manera
que tenemos que disfrazarnos. Yo seré la virgen y
tú eres el ermitaño de la capilla. Cuando te pre-
gunten, sólo contestas "¡Dinguilindán! ¡A misa
van!". Hazme caso.

Y así fue. El barro se secó y el mayordomo y el
papá volvieron a montar en Tifón y Huracán y
en un segundo estuvieron en la capillita.

–Señor ermitaño, ¿no ha visto pasar por aquí a una
joven y un joven?

–¡Dinguilindán! ¡Dinguilindán! A misa van, a misa
van -contestó Pedro muerto de susto.

—No, no quiero ir a misa -dijo el padre-. Le pregunto si no ha visto pasar a un joven y a una niña muy linda llamada Blancaflor.

—¡Dinguilindán! ¡Dinguilindán! ¡Todos a misa van!

—Ya le he dicho que no quiero ir a misa. Busco a mi hija, Blancaflor.

—¡Dinguilindán! ¡Dinguilindán!

—¡No quiero más dinguilindán! ¡Contésteme si ha visto a mi hija Blancaflor!

Pero no hubo caso. Pedro seguía con su dinguilindán. Hasta que por fin el viejo se aburrió y se fue.

—¿Y qué haremos cuando regresen? -preguntó Pedro a Blancaflor.

—Yo seré una campesina y tú un campesino. Venderemos tomates, ahí en ese recodo del camino.

Y cuando el papá regresó les preguntó:

—Buenos días señores campesinos. ¿Por aquí no han pasado un joven y una joven?

—Tomates. ¿No quiere comprar tomates?

Tomates rojos, lindos tomates baratos.

—No, no quiero tomates -contestó el papá enojado. Quiero saber si ustedes han visto a un joven y a una joven.

Pero no hubo forma. Tomate y tomate hasta que el viejo se fastidió y se fue furioso.

—¿Qué haremos, Blancaflor, cuando vengan otra vez tu padre y el mayordomo? Ya lo hemos intentado todo.

—No te apures -dijo Blancaflor-. Tú serás un pajarito y yo una pajarita y nos montaremos ahí en ese árbol a cantar.

Y cuando pasó el papá con el mayordomo, dos pajaritos cantaban en el árbol.

El viejo se sentó a la sombra y le habló al mayordomo:

—Mayordomo, nos engañaron. Ya ese hombre me quitó a mi hija. Vámonos para la casa y dejémosla a ella hacer su vida.

Y así fue. El viejo y el mayordomo se regresaron a la hacienda y Blancaflor y Pedro se fueron lejos, muy felices.

Y colorín, colorado, este cuento ha terminado.

EL ENANO GURRUPIÉ

VERSIÓN
RAFAEL RIVERO ORAMAS
ILUSTRACIONES
HEINZ ROSE

En el claro de un bosque rodeado de altas montañas, vivían unos enanitos que se pasaban la vida alegres y contentos, trabajando en las minas o cultivando los campos. Los extraños nunca los molestaban porque las grandes montañas los ocultaban de la vista de todo el mundo y así nadie sabía de la existencia del pueblecito.

Pero un día apareció un gigante, que como era tan alto, podía ver por encima de las montañas. Los enanos huyeron aterrorizados y se refugiaron en la espesura del bosque. El gigante derribó las casitas, pisó los conucos y se comió todos los alimentos que tenían almacenados.

–Mmmmmm -dijo, mirando los conucos que quedaban-. Qué bien está todo esto. Aquí tengo comida para mucho tiempo. Aquí me quedo.

Y se fue al bosque, arrancó de raíz una gran cantidad de árboles y se construyó una casa tan grande como había sido el pueblo entero de los enanitos. Mucho tiempo vivió allí tranquilo el gigante, mientras los enanitos pasaban hambre escondidos en el bosque.

Una vez, los más atrevidos resolvieron ir a verlo para obligarlo a abandonar el lugar, pero el gigante se empinó y lanzó unos alaridos roncos y tremendos como truenos:

–¡AARG! Enanos estúpidos, ¡váyanse de aquí!

Agitando los brazos los espantó como si fueran moscas y los enanos tuvieron que ir otra vez a refugiarse en el bosque.

Tristes, ya se habían acostumbrado a vivir bajo los árboles, cuando un día llegó por allí un enanito extranjero que se extrañó de verlos vivir de esa manera, asustados y sin casas.

El forastero se llamaba Gurrupié. Y cuando le contaron la historia del gigante, se rió mucho.

—¿Cómo es posible que tantos enanos juntos le tengan miedo a un solo gigante?

—Es que tú no lo conoces -dijo uno-. Es terrible y más alto que la más empinada montaña.

Gurrupié volvió a reírse.

—¡No sean bobos! Yo solo puedo con él, por muy grande y terrible que sea.

Los enanos se miraron las caras y pensaron entre ellos: "¿Será idiota este Gurrupié? ¿O quizá medio loco?" Y comenzaron a observarlo disimuladamente. Y en realidad vieron que Gurrupié no tenía el aspecto de ser un hombre capaz de vencer al gigante. Era pequeño como todos ellos, ni gordo ni flaco, y tampoco tenía cara de ser muy astuto. Pero continuaba riéndose, burlándose de los enanos y asegurando poder vencer al gigante, hasta que los enanos no aguantaron más sus burlas.

—Y si eres tan valiente, ¿por qué no haces lo que dices?

–¡Ajá! ¿Con que no me creen capaz? Pues mañana verán.

Y al día siguiente, muy de mañana, Gurrupié fue a la casa del gigante. El gigante dormía.

Gurrupié comenzó a darle golpes a la puerta y a hacer mucho ruido. El gigante se paró sobresaltado y fue a ver lo que ocurría. Mucho le extrañó ver a ese enanito parado frente a su puerta. Gritó y agitó los brazos para espantarlo, como había hecho con los otros, pero Gurrupié no se movió. El gigante, un poco amoscado, entró a la casa y volvió a salir trayendo en la mano una gran piedra blanca de guaratara.

–Mira bien -le dijo a Gurrupié, y lanzó la piedra contra el suelo. La guaratara chocó con una laja y se hizo polvo.

–Así podría yo hacer contigo -dijo el gigante-. De manera que vete y no me molestes.

Gurrupié rompió a reír a carcajadas.

El gigante se le quedó mirando con las cejas fruncidas. Luego, tomó una piedra negra del suelo y la apretó entre sus manazas hasta que de la piedra cayeron tres gotas.

—Ese es el jugo de la piedra -rugió el gigante-. Vete si no quieres que te saque el jugo a ti.

—¡Jo! ¡Jo! No seas tonto, gigantón -rió Gurrupié-. Eso puedo hacerlo yo también. Espérame aquí y verás.

Y volviendo la espalda echó a andar hacia el bosque, desde donde lo miraban asombrados los otros enanos.

—Consíganme un poco de almidón de yuca y un pedazo de estropajo -les pidió.

Los enanos, habiendo visto el valor de Gurrupié frente al gigante, corrieron a buscar lo que pedía.

Gurrupié se guardó el almidón de yuca en el bolsillo, se fue hasta un arroyo donde humedeció el estropajo y también lo guardó en el bolsillo.

Luego, tomó una guaratara y una piedra negra.

—Mira bien -le dijo al gigante-. Esta es una piedra igual a la que tú hiciste polvo.

En menos que espabila un mosquito, cambió la

guaratara por el puñado de almidón. Hizo girar su brazo y lo lanzó contra el suelo. Sobre el piso quedó una mancha de polvo blanco. El gigante abrió mucho los ojos, sorprendido de que un ser tan chiquito tuviera la fuerza necesaria para pulverizar una guaratara.

– Ahora verás la otra -dijo Gurrupié.

Tomó la piedra negra, y en menos de lo que espabila una mosca, la cambió por el pedazo de estropajo empapado. Entonces, comenzó a apurruñarlo, simulando hacer un esfuerzo enorme, hasta que brotaron unas cuantas gotas.

– Ese es el jugo de la piedra -dijo.

El gigante se quedó pasmado.

– Yo quiero ser tu amigo -dijo, dándole la mano a Gurrupié-. Me gustan los hombres fuertes y quiero invitarte a desayunar conmigo.

Gurrupié aceptó la invitación y los dos entraron a la casa, riendo y charlando.

– Bien -habló el gigante-, yo no tengo criados, pero como somos buenos compañeros, tú me ayudarás a servir la mesa.

– No faltaba más -dijo amablemente Gurrupié.

– Entonces, mientras yo voy a buscar un barril de leche que tengo abajo, tú vete a la cocina y trae las arepas que se están asando en el budare.

Y cada uno salió por su lado.

En la cocina, Gurrupié se encontró en un gran apuro. El fogón era altísimo y sólo después de arrimar una escalera pudo subirse para alcanzar las arepas. Y allá arriba, descubrió que eran enormes. Con mucho trabajo, bajó una y, rodándola como si fuera una rueda de carreta, la llevó hasta la mesa. Entonces, resopló de cansancio y se enjugó el sudor que le corría por la frente. Volvió a la cocina, y con igual trabajo, bajó la otra arepa. Venía ufano, rodando la segunda arepa, cuando tropezó en la puerta del comedor y cayó, con tanta mala suerte, que la enorme arepa le cayó encima. Y ahí quedó, aprisionado como una cucaracha.

Gurrupié trató de liberarse, pero todo fue inútil.

El peso lo ahogaba, el calor lo quemaba y no se atrevía a pedir auxilio. Estaba batallando por salir, cuando llegó el gigante con su gran barril de leche al hombro.

–¿Qué es eso, Gurrupié? ¿Qué te sucede? -preguntó extrañado.

–¡Ay, amigo! Es que yo sufro de reumatismo y como dicen que las arepas calientes son un buen remedio, quise aprovechar.

–Eso está muy mal hecho -dijo el gigante disgustado-, usar así la arepa que nos vamos a comer.

Y mientras hablaba quitó la arepa de encima del enano y la puso sobre el mantel.

–Bueno, pues, vamos a comer -dijo Gurrupié poniéndose de pie y caminando hacia la mesa como si nada.

Ya iban a terminar de comer, cuando al gigante comenzaron a cosquillearle las narices y a humedecérsele los ojos. No pudo contenerse y lanzó un tremendo estornudo que fue como un ciclón. La casa se estremeció, volaron las sillas y todo lo que estaba encima de la mesa. Y también Gurrupié. Cuando volvió la calma, el enanito estaba colgando del techo, sujeto a una de las vigas con una mano. El gigante se lo quedó mirando:

–¿Qué haces ahí, Gurrupié?

El enano contestó con voz irritada:

–Eres indecente, gigantón. ¿Cómo te atreves a estornudar en la mesa? Voy a arrancar esta viga para partírtela en la cabezota.

El gigante, asustado, corrió a bajar a Gurrupié.

–¡No, amigo! No hagas eso que yo soy tu amigo.

–¿Amigo? Yo no puedo ser amigo de un gigante tan mal educado.

"¡Uyy!" pensó el gigante. "Este enano endemoniado es capaz de matarme en cualquier momento". Así que en cuanto el enano Gurrupié se descuidó, el gigante escapó. Y no volvió más nunca. Los enanos regresaron del bosque, reconstruyeron su pueblo y vivieron felices y contentos.

¿Y Gurrupié?
Se tomó un café.

La maceta de albahaca

VERSIÓN
PASCUALA CORONA
ILUSTRACIONES
MARÍA FERNANDA OLIVER

E ra una vez un zapatero muy pobre que
vivía frente a palacio y que tenía tres hijas.
Las muchachas tenían una maceta de albahaca en
la ventana y salían a regarla un día cada una.
Todas tres eran muy hermosas y una mañana que
el rey salió al balcón de su palacio, vio a la mayor
de las hermanas regando la maceta y dijo:

Niña, niña,
tú que riegas la maceta de albahaca
¿cuántas hojitas tiene la mata?

La muchacha, mortificada de que el rey le hablara y no sabiendo qué contestarle, cerró la ventana.

Al día siguiente le tocó regar la maceta a la segunda hermana. El rey salió al balcón como el día anterior y le dijo:

Niña, niña,
tú que riegas la maceta de albahaca
¿cuántas hojitas tiene la mata?

La muchacha, azorada de que el rey le hablara, se hizo la sorda y se metió.

Al tercer día, salió la hermana menor a regar la maceta y el rey, que ya estaba en el balcón, al verla, le dijo:

Niña, niña.
tú que riegas la maceta de albahaca
¿cuántas hojitas tiene la mata?

Y la muchacha que se pasaba de viva, le contestó:

Saca real majestad, mi rey y señor,
usted que está en su balcón
¿cuántos rayos tiene el sol?

El rey se quedó sorprendido de la contestación de la muchacha y, avergonzado de no poderle contestar, se metió corriendo. Después de pensar y pensar, se le ocurrió que como la muchacha era muy pobre le convenía mandar a un negro que se paseara por la calle gritando que cambiaba uvas por besos.

La muchacha, que nada se imaginaba, al oír al negro salió a su encuentro y le dio el beso que pedía a cambio de las uvas. A la mañana siguiente, cuando salió a la ventana a regar la maceta, el rey ya estaba en el balcón, y al verla, le dijo:

Niña, niña,
tú que riegas la maceta de albahaca,
tú que le diste el beso a mi negro
¿cuántas hojitas tiene la mata?

A la muchacha le dio tanta rabia que cerró la ventana y se metió decidida a no volver a regar la maceta. El rey, que ya estaba acostumbrado a ver a la muchacha, se enfermó de amor al no verla y su médico de cabecera, viendo que no podía curarlo, mandó a llamar a todos los médicos del reino a ver cuál de todos lo aliviaba.

La muchacha, que sólo estaba esperando la ocasión para desquitarse, se disfrazó de médico y fue a palacio llevando del bozal a un burro. Al llegar a la presencia del rey, le dijo:

—Saca real majestad, si gusta usted curarse, es menester que le bese el rabo a mi burro y que salga mañana al balcón a recibir los primeros rayos del sol.

El rey, con tal de curarse, hizo lo que le recetaba aquel médico. Así que después de besar el rabo del burro se acostó a dormir.

A la mañana siguiente, muy tempranito, salió al balcón y la muchacha, que lo estaba esperando, regando la maceta, al verlo, le dijo:

Saca, real majestad, mi rey y señor,
usted que está en su balcón,
usted que besó el rabo del burro,
¿cuántos rayos tiene el sol?

El rey, dándose cuenta de lo bien que lo había engañado la muchacha, se metió muy enojado y mandó llamar al zapatero. Luego de que llegó el buen hombre a la presencia del rey, éste le dijo:

—Vecino zapatero, quiero que a las tres horas del tercer día me traigas a tus tres hijas. Además, ordeno que la menor venga: bañada y no bañada; peinada y no peinada; a caballo y no a caballo; y sábete que si no cumples, penas de la vida.

El pobre zapatero se fue muy triste a su casa y les dijo a sus hijas lo que el rey había dispuesto. A las dos mayores, todo se les fue en llorar; en cambio la más chica le dijo:

—No te apures, papacito, ya verás cómo yo lo arreglo todo.

Y así fue: a las tres horas del tercer día se presentó el zapatero en palacio con sus tres hijas. Adelante iban las dos mayores y más atrás la chiquita montada en un borrego con un pie en el aire y otro en el suelo; tiznada de medio lado y el otro bien fregado; media cabeza enmarañada y la otra hasta trenzada.

Viendo el rey que habían acatado sus órdenes, se dio por vencido y le dijo a la muchacha:

—En premio a tu astucia, puedes llevarte de palacio lo que más te guste.

Y después de decir esto se fue el rey a dormir la siesta. La muchacha, que no esperaba otra cosa, ¿a que no se imaginan lo que hizo? Pues mandó a llamar a cuatro pajes y con mucho cuidado se llevó al rey a su casa.

¡Cuál no sería la sorpresa del rey al despertarse y hallarse en una casa pobre y desconocida!

Lo primero que hizo fue llamar a los lacayos, a sus pajes, a la guardia, pero en vez de ellos llegó la muchacha y le dijo:

—Saca, real majestad, mi rey y señor, usted fue lo que más me gustó de palacio, por eso me lo traje a mi casa.

El rey, viendo que con esa muchacha llevaba siempre las de perder, se casó con ella.

Y salta por un callejón y cuéntame otro mejor.

MARÍA TOLETE

VERSIÓN
RAFAEL OLIVARES FIGUEROA
ILUSTRACIONES
IRENE SAVINO

Un día apareció una niña sucia y harapienta en las puertas de la casa grande de la hacienda. Le dieron de comer y de beber ese día. Y también al día siguiente. Y al otro, y al otro. Sin que los de la casa se dieran cuenta, la niña se fue quedando, siempre callada y de rincón en rincón.

Una tarde, los muchachos de la hacienda le preguntaron cómo se llamaba y ella respondió con un hilito de voz:

—María.

Y los muchachos, riéndose, le hicieron una rueda y se burlaron:

—María, María Tolete; María, María Tolete.

Una noche de luna llena, el hijo de la señora de la hacienda estaba arreglándose para ir a un baile, cuando María Tolete se le apareció en el cuarto:

–Llévame contigo -le pidió.

El joven se quedó tieso de la sorpresa:

–¡Qué vas tú a pensar en ir a bailar conmigo! -gritó-. Vete a tu rincón. ¡Mira que te doy un chalecazo!

Luego de que el joven partió para el baile, María Tolete se fue para el pozo del bosque y se bañó y se perfumó con las hierbas que allí había. Regresó a la casa, se puso un hermoso vestido de la hija de la señora, y se recogió el cabello.

En el baile todos quedaron deslumbrados con la belleza de esta joven desconocida. Los hombres se peleaban por bailar con ella y el hijo de la señora no le quitaba la vista de encima.

–¿De dónde eres tú? -le preguntó por fin.

–Ay, yo vengo de lejos, muy lejos -le contestó María Tolete-. Vengo de la ciudad del Chalecazo.

Pero el joven estaba tan embobado mirándola,

que no se dio cuenta de nada.

Cuando el joven regresó a su casa, no dejaba de hablar de lo linda que era aquella niña desconocida que había visto en el baile. En los días siguientes la buscó por toda la hacienda y los pueblos vecinos, pero no pudo encontrarla. Y se puso muy triste.

Una noche sin luna, quince días después, el joven fue invitado a otro baile. Al igual que la primera vez, María Tolete se apareció en su cuarto y le dijo con su vocecita:

–Llévame contigo.

Y el joven volvió a gritarle:

–¡Qué vas tú a pensar en ir a bailar conmigo! Anda a tu rincón, ¡mira que te doy un chuzazo!

Luego que el joven se fue, María Tolete corrió al pozo, se bañó, se perfumó, se puso otro vestido de la hija de la señora y se recogió el cabello. Una vez más en el baile todos se deslumbraron con la belleza de la joven desconocida. El hijo de la señora se le aproximó suspirando y le preguntó:

—Dime, ¿de dónde eres tú!

—Ay, ay, vengo de lejos, muy lejos. Vengo de la ciudad del Chuzazo -le respondió María Tolete, pero el joven no se dio cuenta de nada de lo enamorado que estaba.

Al regresar a su casa, no se cansaba de alabar a la desconocida del baile. En los días siguientes la buscó por toda la hacienda y por los pueblos vecinos, pero no pudo hallarla. Y se puso más triste aún.

Una noche de luna creciente, quince días después, el joven fue invitado a otro baile. Por tercera vez apareció María Tolete en su cuarto y le dijo con un hilito de voz:

—Llévame contigo.

Y él le gritó por tercera vez:

—¡Que vas tú a pensar en ir a bailar conmigo! Vete a tu rincón, ¡mira que te doy un zapatazo!

El joven se fue y otra vez María Tolete se vistió maravillosamente y se presentó al baile. Todos quedaron deslumbrados con su belleza. El joven bailó con ella, le murmuraba palabras de amor y le regaló un anillo. Por tercera vez le preguntó:

—Dime ¿de dónde eres tú?

—Ay, ay, ay, vengo de lejos, muy lejos -contestó María Tolete-. Vengo de la ciudad del Zapatazo.

Pero como el joven estaba casi loco de pasión por ella, no se dio cuenta de lo que querían decir sus palabras.

Al regresar a su casa, el joven despertó a todo el mundo para contarle lo bella que era la joven desconocida, y al día siguiente la buscó por toda la hacienda y los pueblos vecinos sin poderla encontrar. Tan triste se puso, que cayó enfermo. No había remedio que lo sanara, ni plegaria que le hiciera recobrar las fuerzas.

María Tolete entonces le pidió permiso a la señora para hacerle el atol al enfermo. La señora se puso fúrica.

—¡Cómo va a querer mi hijo el atol que tú le hagas, niña! A él le gusta el que le hace su propia madre.

Pero María Tolete se le pegó atrás a la señora y tanto insistió que la señora, fastidiada, le dio su consentimiento.

María Tolete preparó el atol, y sin que nadie la viera, puso el anillo dentro.

Mientras tomaba el atol, el joven suspiraba:

—¡Qué atol más sabroso, madre!

Y al encontrar el anillo, sorprendido, preguntó:

—¿Quién preparó este atol?

—Lo hizo María Tolete -respondió la señora- ¿Por qué lo preguntas? Pero antes de que el joven pudiera contestar, apareció en el cuarto María Tolete con un lindo vestido, limpia, perfumada y con el cabello recogido.

Y el joven sanó ahí mismito. Y se casó con ella.

Fueron muy felices,
comieron perdices
y también atol
al salir el sol.

EL PÁJARO GRIFO

VERSIÓN
Carmen Heny
ILUSTRACIONES
Heinz Rose

E ra una vez un rey que tenía una sola hija a quien quería mucho. Pero el rey estaba siempre triste porque la hija vivía enferma. Había consultado a todos los sabios y brujos del reino y ninguno había podido descubrir lo que tenía.

Un buen día llegó a palacio una viejita pobremente vestida. El rey pensó que venía a pedirle algo, pero no fue así.

– Si tu hija come de las manzanas del huerto más lejano, se curará.

Esto dijo la viejita y luego desapareció.

Entonces, el rey mandó a publicar por todo el reino que aquel que trajera las manzanas del huerto más lejano y curara a la princesa, se casaría con ella.

El dueño del huerto más lejano era un viejo campesino que tenía tres hijos. Teodomiro, el mayor; Nicanor, el segundo; y Juan, el menor.

El viejo le dijo a Teodomiro:

—Vete mañana mismo. Recoges las manzanas más bonitas, te vas a palacio, y si la hija del rey se cura, tú serás rey también.

Muy temprano se acomodó Teodomiro con su cesta llena de las mejores manzanas y emprendió su camino al palacio. Había avanzado muchas leguas, cuando en un recodo del camino encontró una viejita.

—¿Qué llevas en esa cesta, muchacho? -le preguntó.

Y Teodomiro, que era pretencioso y berraco, le contestó:

—Paticas de rana.

—Así sean y así se queden -le dijo cariñosamente la viejita.

Por fin llegó Teodomiro a palacio y le anunció a los guardias que traía las manzanas para la hija del rey. Lo mandaron a pasar de inmediato y el mismo rey lo acompañó al cuarto de la princesa.

Pero, ¡cuál no sería su sorpresa al destapar la cesta! Sólo había patas de rana.

Furioso, el rey lo botó del palacio.

Al llegar a su casa, Teodomiro contó a su padre lo que había pasado y entonces el viejo campesino llamó a Nicanor, que era el más avispado, y le dijo:

—Sal temprano y le llevas las manzanas a la hija del rey. Y si se cura, tú serás rey también.

Así lo hizo Nicanor.

Y en un recodo del camino, encontró a la misma viejita:

—¿Qué llevas en la cesta? -preguntó.

Y Nicanor, como era engreído y bromista, le contestó:

—Paticas de cochino.

—Así sean y así se queden -le dijo la viejita con una sonrisa.

Nicanor llegó a palacio sintiéndose ya rey y anunció que traía las manzanas para curar a la

princesa. Pero como ahora los guardias descon-
fiaban, no lo dejaron pasar. Después de mucho
pedir, le abrieron la puerta cautelosamente, lo
llevaron hasta el cuarto de la princesa y cuando
destapó la cesta... ¡sólo había patas de cochino!

Furioso, el rey lo mandó a sacar a palos del palacio.
Al llegar a su casa, Nicanor le contó a su padre lo
que había pasado. Entonces Juan, el hijo más
chiquito, le pidió permiso al padre para llevar las
manzanas a la princesa.

—Ni pensarlo -dijo el viejo campesino-. Si tus
hermanos fracasaron, ¿qué vas a lograr tú que
eres tan bobo?

Pero Juan tanto insistió, y tanto rogó, que el
padre, cansado, lo dejó ir.

Juan se levantó de madrugada, tomó las manzanas
más bellas del huerto y echó a andar. Al igual que
sus hermanos, encontró a la viejita en un recodo
del camino y se sentó a descansar con ella.

—¿Qué llevas en la cesta? -preguntó la viejita.

—Manzanas para curar a la hija del rey -contestó Juan.

—Así sean y así se queden -dijo la viejita y desapareció.

Juan siguió su camino feliz y confiado. Llegó a las puertas del palacio, pero esta vez sí que no había forma de que lo dejaran entrar. Por fin, después de mucho rogar, le abrieron las puertas. El rey dijo:

—¿Qué traes ahí?

—Manzanas del huerto más lejano, para curar a la princesa -contestó Juan.

—Si me engañas -dijo el rey desconfiando todavía- no saldrás vivo de aquí.

Juan pidió que lo llevaran al cuarto de la princesa y delante del rey destapó la cesta. Y allí estaban las manzanas más bellas y jugosas. Apenas la princesa probó una, salió brincando de la cama y abrazó a su papá.

El rey estaba feliz, pero después recordó que tenía que casar a la princesa con Juan, que le parecía un bobo, y empezó a inventar excusas.

—Antes de casarte con mi hija -le dijo a Juan-,

debes traerme una pluma de la cola del Pájaro Grifo.

Al día siguiente Juan emprendió camino. La noche lo sorprendió cerca de una gran casona y, como estaba tan oscuro y él tan cansado, tocó a la puerta. El dueño le preguntó que para dónde iba y Juan le contó que iba a sacarle una pluma de la cola al Pájaro Grifo para poder casarse con la hija del rey.

—Pues pasa adelante y duerme aquí -respondió el dueño-. Y quisiera pedirte un favor. Dicen que el Pájaro Grifo todo lo sabe. A mí se me ha perdido la llave del baúl donde guardo mis tesoros. Pregúntale dónde está.

—Así lo haré -dijo Juan y se acostó a dormir.

Muy temprano siguió su camino. A la noche siguiente llegó a una finca y tocó la puerta. El dueño le preguntó que adónde iba y Juan le contó la historia del Pájaro Grifo.

—Pasa adelante y duerme aquí -respondió el dueño-. Y si me puedes hacer el favor, pregúntale al Pájaro Grifo el remedio para curar a mi hija, que cada día está más enferma y nada la mejora.

—Así lo haré -dijo Juan.

A la mañana siguiente siguió su camino y al mediodía encontró que tenía que atravesar un gran lago. Pero no había bote, sólo un hombre grandote que cargaba a la gente de un lado al otro. El hombre le preguntó que adónde iba.

—A ver al Pájaro Grifo -dijo Juan.

—¡Ay! -suspiró el hombre-. Cuando lo encuentres pregúntale cómo hago yo para no tener que estar toda mi vida pasando y pasando gente de un lado al otro.

—Así lo haré -dijo Juan.

Por fin llegó a la cueva del Pájaro Grifo y cuál no sería su sorpresa al ver en la puerta a la misma viejita de las manzanas.

—¿Qué haces tú aquí, muchacho? ¿No sabes que el Pájaro Grifo come gente? A cuanto cristiano aparece por aquí, se lo traga de un solo golpe.

—Vengo a buscar una pluma de su cola para

poder casarme con la hija del rey -dijo Juan-. Y además a preguntarle tres cosas: que dónde está la llave del baúl del dueño de la casona donde pasé la primera noche; que cuál es el remedio para curar a la hija del finquero donde pasé la segunda noche y qué puede hacer el hombrezote del lago para dejar de pasar a la gente de un lado a otro.

—Muchacho, no se te ocurra preguntarle nada. Ni resuelles cuando él esté aquí. Yo le preguntaré todo eso y tú pon cuidado con lo que conteste, no te vayas a enredar -replicó la viejita-. Ahora, acurrúcate debajo de su cama, que ya no demora, y no te asustes cuando sientas el ruido que hace, como si todo el cerro temblara. Cuando sientas que está bien dormido, y me haya contestado todas las preguntas, sales calladito y de un solo tirón le arrancas la pluma. Ya lo sabes.

No tardó mucho en oírse un zaperoco. Era el gran pájaro que llegaba a su nido, muerto de hambre como todos los días.

Apenas abrió la puerta, gritó:

–¡ME HUELE A CARNE HUMANA! Vieja, ¿dónde está el cristiano que voy a comerme?

–Qué cristiano ni qué cristiano -repuso la viejita-. Aquí no ha venido nadie, pero te tengo comida sabrosa.

El pájaro se hartó con todo lo que le puso la viejita, pero no sabía que ella le había echado a la comida unas hierbitas que daban sueño, y apenas se acostó en la cama, se quedó dormido. Pero no duró mucho la siestica, porque ese pájaro era muy sabido y volvió con el tema:

–Vieja, ¡ME HUELE A CARNE HUMANA!

–Quieto, quieto, mi pájaro -la viejita le sobaba la cabeza-. Sí, es verdad que aquí vino hace días un cristiano preguntando que dónde estaba la llave del baúl de la casa grande.

–Ah... zipote ése, ¿acaso no sabe que la llave está debajo del tronco de madera donde se guarda la leña?

–También preguntó cómo curar a la hija del finquero, que está enferma y nadie la puede sanar.

—Ah... pendejo ése, ¿no sabe que al pie de la mata de mamón hay una piedra y debajo de la piedra hay un sapo que tiene un nido de pelo de su hija enredado en una pata? Si ella lo recoge, se curará.

—Y preguntó que qué puede hacer el hombrezote del lago para dejar de pasar gente de un lado al otro.

—¡Qué bobo! Simplemente, que deje caer al que lleva en medio del lago y será libre.

Por fin el Pájaro Grifo se cansó de tanto hablar y empezó a roncar. Juan, de un solo tirón le arrancó la pluma y salió de la cueva. Afuera le dijo adiós y gracias a la viejita y echó a andar lo más rápido que pudo, no fuera a ser que el pájaro se despertara.

Al llegar al lago, el hombrezote le preguntó:

—¿Qué noticias me traes?

—Te lo diré del otro lado -contestó Juan. Y al llegar a la otra orilla, le dijo:

—El próximo pasajero que tengas, lo sueltas en medio del lago y ese día se acabó tu trabajo.

Al llegar a la finca, el finquero le preguntó:

–¿Qué noticias me traes?

–Llévame al cuarto de tu hija y verás.

El finquero así lo hizo. Juan cargó a la muchacha hasta la mata de mamón y levantó la piedra. Ahí estaba el sapo con los tres pelos de la muchacha. Ella cogió los pelos y de un salto fue a abrazar a su padre, curada para siempre.

–¿Cómo puedo recompensarte? -preguntó el finquero lleno de alegría.

–Con nada -dijo Juan, que quería seguir su camino, pero el finquero le dio chivos, ovejas y mucho dinero, y con toda esa riqueza, Juan siguió su camino.

En la puerta de la casona, el dueño le preguntó:

–¿Qué noticias me traes?

Juan fue directo al cuarto de la leña y levantó el tronco. Juntos abrieron el baúl y Juan nunca había visto tantas joyas y tanto oro. El dueño, agradecido, le regaló un pocotón de oro, pero para Juan el tesoro más grande era la pluma del

Pájaro Grifo.

Por fin llegó otra vez al palacio y nadie podía creer que éste era el mismo Juan de antes. Cuando el rey vio todo aquello, las ovejas y los chivos, el dinero y el oro, le preguntó a Juan que de dónde lo había sacado. Y Juan le contestó que el Pájaro Grifo le había dado todo lo que le había pedido. Entonces pensó el rey que él también podría ir a visitar al Pájaro Grifo y se puso en marcha inmediatamente. Y cuando llegó al lago, dio la casualidad de que fue el primero en aparecer desde que Juan se había marchado. El hombrezote lo cargó y lo soltó justo en medio del lago y allí se quedó.

Entonces, Juan se casó con la princesa y fueron muy felices.

Aquí se acaba el cuento.
Si quieres oír otro,
pasa por este zapato roto.

Onza, Tigre y León

VERSIÓN
RAFAEL RIVERO ORAMAS
ILUSTRACIONES
MARÍA FERNANDA OLIVER

Había una vez un hombre viudo que tenía dos hijos, un niño y una niña, llamados Pedro y Elena. Vivían los tres en una casita, cerca de una montaña. No muy lejos de allí, vivía una muchacha que, cada vez que los niños pasaban por su casa, los obsequiaba con sopitas de miel. Y Pedro y Elena le decían a su papá:

—Cásate con esa muchacha, que es muy buena y nos da sopitas de miel.

Y el papá siempre les contestaba:

—Mis hijitos, primero la miel y luego la hiel. Pero tanto le dieron los hijos al papá con eso de cásate, cásate, que lo convencieron y se casó con la muchacha.

Pasaron un tiempo felices, pero luego la mujer empezó a protestar por los niños, y todos los días tenía quejas de ellos. Una noche, le dijo al marido que quería que los botara lejos. El hombre se negó; pero todos los días la mujer le repetía lo mismo, hasta que al fin el hombre le dijo que sí, que los llevaría a la montaña y allí los dejaría abandonados.

Pero Pedro era un muchacho muy avispado y veía el cambio que había tenido la mujer con ellos. Oyó la conversación esa noche y, por la mañana, cuando el padre les pidió que lo acompañaran a la montaña a buscar leña, se llevó una taparita llena de ceniza. Así, mientras se internaban en la montaña, Pedro iba regando ceniza por todo el camino. Mientras los niños estaban entretenidos recogiendo leña, el padre se alejó sigilosamente y los abandonó. Cuando Pedro y Elena se vieron solos, siguieron el rastro de ceniza y llegaron a la casa sin problemas. El padre estaba muy contento de verlos, pero la mujer se disgustó muchísimo y le

dijo al marido que tenía que llevarlos más lejos.

Al día siguiente, bien de madrugada, el padre los levantó para que lo acompañaran a cazar. Los niños llenaron esta vez la taparita con maíz. Y fueron regando el camino de granos. Cuando ya estaban en medio de la montaña, el padre les dijo que se quedaran allí, mientras él iba a cazar unos chigüires. Y no regresó. Cuando ya estaba anocheciendo, Pedro y Elena decidieron volver guiándose por el maíz. Pero los granos de maíz habían desaparecido. Se dieron cuenta, entonces, de que se los habían comido los pájaros. Y se encontraron perdidos en aquella oscura montaña.

Entonces Pedro se subió al copo del árbol más alto y desde allí pudo ver una lucecita. Caminaron en esa dirección hasta llegar a una casita. Se acercaron con mucha cautela y vieron que dentro había una vieja tuerta que estaba friendo tajadas y carne. Pedro entró, sin hacer ruido, y se puso del lado de la vieja que era tuerta y empezó a robarle carne y tajadas. La vieja creía que era el gato el que le estaba robando la comida y le decía:

Sípiri, gato,
cómete lo gordo
y déjame lo flaco.

Pedro llenó el sombrero de comida y le llevó a su hermana, que se había quedado aguardándolo cerca de la casita.

Pedro le contó a Elena cómo había conseguido la comida y ella insistió en ir a buscar más. Pedro no quería, porque ella se reía de todo; pero al final la dejó ir con él.

Elena hizo lo que su hermano: se puso a robar tajadas y carne, y la vieja, creyendo que era el gato, dijo:

Sípiri, gato,
cómete lo gordo
y déjame lo flaco.

Elena no pudo aguantar la risa y soltó la carcajada. Entonces la vieja dijo:

– ¡Ah! ¡Qué niños tan bonitos, vengan acá!

Y los cogió y los metió en un cuarto oscuro, donde les daba comida todos los días para que engordaran. Y todos los días les decía que sacaran un dedito por un agujerito que había en la puerta para ver cuánto habían engordado.

Pero Pedro había encontrado un ratón y le quitó el rabo. Todos los días, cuando la vieja les pedía que sacaran el dedito, ellos sacaban el rabito del ratón. Cuando la vieja tocaba el rabito siempre decía:

– ¡Ay, mis hijitos, si están bien flaquitos!

Un día, mientras Pedro y Elena jugaban, se les perdió el rabito de ratón y cuando vino la vieja tuvieron que sacar el dedito. Entonces ella dijo, asombrada:

– ¡Ay, mis hijitos, de la noche a la mañana se pusieron gordos!

Enseguida, los sacó del cuarto oscuro y prendió el horno.

– Mis hijitos bonitos, vayan ahora a buscarme

leña -les dijo.

Para allá salieron Pedro y Elena y en el bosque se encontraron con una viejita que les preguntó qué hacían. Los niños le explicaron que la vieja de la casita les había mandado a cortar leña.

—Ay, esa es una bruja muy mala que se come a los niños -dijo la viejita.

—¡Una bruja! -dijeron asustados Pedro y Elena. Pero la viejita los tranquilizó:

—Cuando lleguen con la leña, ella los va a mandar a bailar en la boca del horno. No lo hagan, díganle que ustedes no saben, que les enseñe primero. Y cuando la bruja esté bailando, la empujan dentro del horno. Luego que esté convertida en cenizas, formen tres montones con ella y llamen:

¡Onza, Tigre y León!

Aparecerán tres perros y ellos serán sus compañeros y guardianes. Cuando se vean en apuros sólo tienen que llamarlos y estarán junto a ustedes.

Los niños le dieron las gracias a la viejita y regresaron a la casa de la bruja. Y pasó todo como lo había dicho la viejita. La vieja los mandó a bailar y ellos le dijeron:

—No, mamá vieja; baile usted primero para aprender; nosotros no sabemos bailar.

La vieja se puso a bailar y ellos la empujaron dentro del horno.

Luego, con las cenizas hicieron tres montoncitos y llamaron:

¡Onza, Tigre y León!

Aparecieron los tres perros, y con ellos de compañeros se pusieron en camino.

Caminaron y caminaron hasta que llegaron a un pueblo desierto. En la puerta de una casa encontraron a una señora.

—¿Qué hace usted aquí, tan sola? -le preguntaron los niños.

Y ella les explicó que todos los habitantes se habían ido, huyendo de una gran serpiente de

siete cabezas. Todos los días salía la serpiente del río, se llevaba a una señorita y se la comía. Y precisamente en este día la víctima sería la hija del rey, porque era la única señorita que quedaba en el pueblo.

El rey, muy desesperado, había publicado en los periódicos que quien salvara a su hija se casaría con ella. Pedro, bien enterado de todo, se encaminó al río. Y vio a la princesa sentada en una piedra aguardando a la serpiente. En ese momento salió del medio del río la temible serpiente de siete cabezas y Pedro llamó:

¡Onza, Tigre y León!

Al instante aparecieron los tres perros, que ayudaron a Pedro en su lucha con la serpiente y la mataron.

La hija del rey le dio las gracias y se fue corriendo a contarle a su padre lo que había pasado. Pedro, entonces, cortó las siete lenguas de las siete cabezas de la serpiente y se fue al pueblo.

Al rato, pasó un hombre por la orilla del río y vio la serpiente muerta. Le cortó las siete cabezas y se fue a casa del rey.

—Yo -le dijo-, yo maté a la serpiente y aquí, en este saco está la prueba.

Abrió el saco y salieron rodando las siete cabezas. Vengo a casarme con la princesa.

Pero la princesa porfiaba que aquel no era el que había matado a la serpiente, y que no se casaría con él.

Pero el rey le dijo:

—Tienes que casarte con él, pues yo empeñé mi palabra. Prometí que el que te salvara, se casaría contigo.

Y se preparó la boda, con grandes fiestas. El día en que sería el matrimonio, se presentó Pedro y le dijo al rey:

—¿Qué pruebas le ha dado este hombre de haber dado muerte a la serpiente?

Y el desconocido sacó las siete cabezas y las echó a rodar por el suelo una vez más.

Y Pedro le dijo:

—Ábrele la boca a las siete cabezas.

Cuando el hombre les abrió las bocas, se vió que no tenían lenguas.

Y preguntó Pedro:

—¿Dónde están las siete lenguas?

Y dijo el impostor:

—Se las comieron las hormigas.

Entonces Pedro sacó las siete lenguas del bolsillo y se las presentó al rey. Al hombre lo hicieron preso por mañoso. Y la princesa y Pedro se casaron y fueron felices.

Y yo me fui para mi casa a contar el cuento.

EL PÁJARO QUE HABLA, EL ÁRBOL QUE CANTA Y LA FUENTE DE ORO

VERSIÓN
CARMEN HENY
ILUSTRACIONES
IRENE SAVINO

Esta era una vez un rey que nunca se había casado. Vivía en un palacio muy lujoso, pero lo que más le gustaba era cazar en el bosque. Un día se fue de cacería y, al pasar por un pueblo, oyó unas voces que salían de una casita humilde donde vivía una viuda con sus tres hijas.

–Si ustedes pudieran casarse con quien quisieran, ¿con quién lo harían? -preguntó una.

–Yo me casaría con el panadero del rey, porque así siempre tendría pan -dijo la mayor.

–Pues yo me casaría con el cocinero- dijo la mediana-. Así nunca tendría hambre.

Y la menor, que era la más avispada, dijo:

–Pues yo, me casaría con el rey.

Al rey le dio mucha curiosidad lo que estaba oyendo y entró para ver a las hermanas. Le pareció que la menor era el ser más lindo que jamás había visto, así que les dijo:

—Sus deseos serán cumplidos.

Inmediatamente buscó al panadero y al cocinero real y los casó con las dos hermanas mayores y él se casó con la más chiquita.

Pasaron unos meses y nació el primer hijo: un varón. Pero las hermanas estaban muy envidiosas.

—¿Por qué nosotras tenemos que vivir con el panadero y el cocinero mientras ella vive en un palacio y lo tiene todo? -decían.

Y aunque el rey les regalaba siempre muchas cosas lindas, cada día se volvían más envidiosas.

Entonces la mayor, que se moría de la rabia, resolvió robarse al bebé. Lo metió en una cesta y puso la cesta en el río para que se lo llevara lejos. Pero la cesta flotó un trecho río abajo, hasta un recodo donde se quedó varada. Por allí cerca estaba la casa de dos viejos campesinos que nunca

habían tenido hijos y que solían bajar al río de tarde. El viejo campesino encontró la cesta y se la llevó a su mujer. Los dos se alegraron mucho cuando descubrieron lo que tenía adentro.

Y así, criaron al muchachito.

Al poco tiempo, nació otro varón. El rey, muy preocupado con la desaparición de su primer hijo, puso guardias en todas partes, pero nunca se le ocurrió vigilar a las dos hermanas de su mujer. Entonces la segunda, que se estaba volviendo más y más envidiosa, decidió hacer lo mismo que su hermana mayor. Tomó al bebé, lo metió en una cesta y lo lanzó río abajo. Los dos campesinos, que seguían bajando a la orilla del río al atardecer, volvieron a encontrar la cesta.

Ya tenían dos hijos.

Fue tal la desilusión del rey que se puso triste y flaco. Al poco tiempo nació una niña y el rey dobló la vigilancia, sin pensar nunca que sus propias cuñadas eran las que se robaban a sus hijos. A los pocos días de nacida, la niñita desapareció. Y pasó lo mismo que con sus dos hermanos.

El rey, mientras tanto, empezó a mirar raro a su mujer. Desesperado, ofreció una recompensa al que le diera información sobre sus hijos.

Sigilosamente, la hermana mayor se acercó a él:

—Majestad, no habíamos querido decírselo porque no nos iba a creer, pero nuestra hermana es una ogresa. Siempre se ha alimentado de la carne de bebés.

El rey no lo podía creer. Estaba horrorizado y mandó a callar a su cuñada. Pero, poco a poco, y como sus hijos no aparecían, empezó a pensar que era cierto: que se había casado con una ogresa. Y así, ordenó que metieran a la reina en una jaula. Pasaron los años. Los tres muchachos crecieron entre árboles y flores, en la finquita de los campesinos. Al pasar el tiempo, murieron los viejos y los tres se quedaron solos.

Un día oyeron hablar de una montaña mágica donde había un pájaro que hablaba, un árbol que cantaba y una fuente de oro.

—Son unas cosas maravillosas -dijo el mayor-. Pues me voy a buscarlos porque eso es lo que nos falta para no estar tan solos.

—No vayas -dijo la muchacha-. No vayas. Dicen que el que sube esa montaña no vuelve nunca porque se convierte en piedra.

Pero su hermano se empeñó.

—No te preocupes por mí -le contestó-. Yo no voy a convertirme en piedra.

-Y le entregó su cuchillo-. Mira este cuchillo todas las noches. El día que esté empañado es porque algo me ha pasado.

Ensilló su caballo y se fue.

Al pie de la montaña encontró un viejito.

—No subas esa montaña maldita -dijo el viejito-. Nunca nadie ha regresado de allí, y mira que muchos han probado su suerte.

Pero el muchacho insistió. Entonces el viejito dijo:

—Voy a tirar esta bolita. Donde se caiga, te apeas de tu caballo y caminas. Eso sí, no voltees para atrás, no importa lo que oigas, porque si lo haces te convertirás en piedra y nunca más saldrás de allí. Se despidieron y el viejito le deseó buena suerte.

Mientras tanto, en la finquita, todas las noches la muchacha miraba el cuchillo y todas las noches se dormía tranquila porque el cuchillo seguía limpio. Pero una noche, cuando lo sacó, vio que estaba empañado. Llorando, se lo contó a su otro hermano.

—¿Ves por qué yo no quería que se fuera? Ahora estará muerto. O convertido en piedra. Entonces el hermano menor dijo:

—Voy a buscarlo. A mí no me va a pasar nada.

Llorando, la muchacha trató de disuadirlo pero él se montó en su caballo y le entregó un rosario.

—Reza por mí todas las noches. Si alguna vez se pegan las cuentas es porque me ha pasado algo.

Muy triste, ella rezaba su rosario todas las noches hasta que una noche, cuando fue a pasar de una cuenta a otra, sintió con horror que todas estaban pegadas. Desesperada, comenzó a llorar. Pero al rato se enjugó las lágrimas y dijo:

—Ahora soy yo la que iré a buscarlos.

Se vistió con ropa de su hermano menor, ensilló su caballo y después de mucho andar llegó al pie de la montaña donde estaba el viejito. Al verla, el viejito se echó a reír.

—No creas que me engañas. Tú eres una mujer. Y tú menos que nadie vas a poder subir la montaña; si tus hermanos no pudieron, menos podrás tú.

—Pues sí voy a hacerlo -contestó ella- porque voy a encontrar a mis hermanos.

El viejito se encogió de hombros y tiró la bolita.

—Donde caiga esta bolita, te apeas de tu caballo y caminas. Y no voltees hacia atrás, no importa lo que oigas. Si no volteas, quizás puedas llegar hasta el pájaro que habla, el árbol que canta y la fuente de oro.

La muchacha empezó a subir. A su espalda oía ruidos espantosos y voces horribles que le decían:

—¡Te vamos a clavar un cuchillo!

Y un frío de hielo soplaba detrás de ella.

—¡Cuidado! ¡Detrás tuyo hay un escorpión!

Y parecía que mil escorpiones caminaban por su espalda.

–¡Voltea! ¡La mano peluda te alcanza!

Y sentía una mano hedionda y peluda que le tocaba el cuello.

Gritaban. Y susurraban. Y aullaban.

Pero ella subía y subía en medio de piedras de todos los tamaños. Cuando ya iba a llegar a la cumbre, sintió que algo húmedo y viscoso le rozaba el pelo. Ya iba a voltearse cuando de pronto escuchó una música maravillosa que llegaba de la cima cercana de la montaña. Respiró profundo y casi sin aliento, llegó al tope.

Y allí estaba el pájaro que habla, con sus plumas de fuego, en una jaula dorada.

–École cua -dijo al verla.

"¡Qué pájaro tan divertido!" pensó ella. "¿Será eso todo lo que sabe hablar?"

–École cua -volvió a decir el pájaro-. ¡Bien hecho! Ahora podrás recuperar no sólo a tus hermanos, sino a todo ese pedregullero de gente que se

quedó por el camino. Llena esa jarra que hay allí
con agua de la fuente, le echas un poquito a cada
piedra y verás cómo vuelven a ser lo que eran.

Así lo hizo la muchacha. Y entonces, una por
una, fueron recobrando vida las piedras regadas
por la montaña. Por fin una de ellas se convirtió
en su hermano mayor y un poco más allá descubrió al menor. Los dos se quedaron sorprendi-
dos y encantados de ver lo que había logrado su
hermana.

Entonces el pájaro les dijo:

—Ahora les pertenecemos. Cojan una rama del
árbol, porque no se lo van a llevar entero, ¿no? Y
esa jarra que está allí, llénenla con agua de la
fuente, y a mí, a mí me llevan tal como estoy.

Los tres hermanos bajaron de la montaña con sus
tesoros. En el jardín de la finquita sembraron la
rama y creció el árbol que canta; vaciaron la jarra
y brotó la fuente de oro, y el pájaro que habla se
convirtió en su compañero y consejero.

Los dos hermanos eran muy buenos cazadores y

una tarde se fueron a cazar jabalíes. Dio la casualidad de que entraron en el mismo bosque donde estaba cazando el rey . De repente entre la maleza apareció un feroz jabalí que se abalanzó sobre el rey. El hermano mayor, que lo venía persiguiendo, le lanzó una flecha mortal.

–Me has salvado la vida -dijo el rey- ¿Cómo puedo recompensarte por salvarme la vida?

Los hermanos contestaron que no era necesaria ninguna recompensa.

–Por lo menos acepten una invitación para almorzar conmigo en el palacio mañana -dijo entonces el rey.

De vuelta en su casa, los hermanos le contaron al pájaro lo que había pasado. El pájaro asintió:

–Está bien, vayan, pero a su vez van a invitar al rey para que venga a almorzar aquí con nosotros. Así que al final del almuerzo, los muchachos invitaron al rey a conocer su casa y a su hermana. El rey aceptó la invitación gustoso. Pero cuando la hermana lo supo se angustió:

–¿Y qué le vamos a dar de comer al rey? -preguntó.

Entonces habló el pájaro:

–No se preocupen. Excaven un hueco debajo del árbol que canta y allí encontrarán un cofrecito lleno de perlas. Van a hacer unos pastelitos de perlas. Esos nunca los ha probado el rey.

Excavaron el hueco y allí estaba el cofrecito. Los tres hermanos hicieron los pastelitos, y todo lo demás que el pájaro les iba indicando.

El día señalado, se apareció el rey con todo su séquito. La mesa estaba puesta con un mantel de encaje y con todas las cosas espléndidas que les había descubierto el pájaro que habla.

–Lo primero que deben hacer es pasear al rey por el jardín -les susurró el pájaro.

Y el rey dijo:

–¡Qué canto tan maravilloso! ¿Qué pájaros son esos que cantan con esa dulzura?

–No, majestad -dijeron los hermanos-, no son pájaros. Es un árbol que canta.

–¡No puede ser! -exclamó el rey-. Eso no existe.

Así que lo sentaron debajo del árbol y el rey se maravilló con su canto. Era una música de cristales y de agua y de viento sobre las cañas.

Luego lo llevaron a la fuente de oro.

–¿Y qué otra maravilla es ésta? -preguntó el rey.

–Es una fuente encantada -dijeron-. Y le contaron cómo la habían conseguido y de la valentía de su hermana menor, y el rey se maravilló aún más.

Llegó la hora de sentarse a comer. Al rey le pareció muy extraño que tuvieran un pájaro como centro de mesa. El pájaro estaba callado.

"Qué pájaro tan raro" pensó el rey, pero dijo:

–¡Qué hermoso plumaje el de este pájaro! Yo que estoy siempre en el bosque y que he visto tantas cosas, nunca he visto un pájaro igual.

El pájaro seguía callado.

Sirvieron la comida y el rey mordió uno de los pastelitos.

–¿Pero qué es esto? -exclamó asombrado.

–Pasteles de perla, su majestad. -dijo la muchacha.

–¡Esto tampoco lo había probado jamás! Nunca

soñé ver lo que estoy viendo, continuó el rey.

-¡Es increíble!

Entonces el pájaro habló:

–Pues no se admire mucho, señor rey.

El rey se quedó boquiabierto al oír al pájaro, pero el pájaro siguió hablando tan tranquilo:

–Lo que le voy a contar ahora es mucho más increíble. Porque resulta que usted está almorzando con sus tres hijos.

Y mientras el rey seguía estupefacto, el pájaro le contó todo.

–...Y la reina no tiene nada que ver con lo que ha pasado y usted la ha tenido en una jaula todos estos años -concluyó el pájaro-. Así que ahora que ya sabe la verdad, llegó el momento de que se lleve a sus hijos, y al árbol que canta y la fuente de oro, y a mí también, y nos vayamos todos a vivir al palacio.

El rey no podía hablar de la emoción. Por fin dijo:

–Bueno, bueno. Nos vamos ya, porque no puedo pensar que he tenido a una mujer inocente, y que tanto quise, metida en una jaula por todos estos años.

Y los abrazó a todos, especialmente a su hija valiente.

Lo primero que hicieron al llegar a palacio fue sacar a la reina de su jaula. Ella reía y lloraba al mismo tiempo cuando supo lo que le había sucedido a sus hijos. A las hermanas envidiosas las metieron en un calabozo y ellos vivieron muy felices con el árbol que canta, la fuente de oro y el pájaro que habla, que nunca paró de hablar. École cua.

ACERCA DE LOS AUTORES

CARMEN HENY *nació en Caracas en el año del terremoto y murió en 1997 a los 97 años. Pasó su infancia en una hacienda donde de día rondaban los báquiros y de noche los cuentos. Es descendiente de Alejandro Benítez, fundador de la Colonia Tovar, pueblo labrado por colonos alemanes en 1848 al oeste de Caracas, y muchos de sus cuentos provienen de la tradición popular alemana. Fueron escuchados por sus abuelos en tierras europeas y transmitidos a sus hijos y nietos. A estas versiones, Carmen Heny añade su propio sabor criollo.*

Fue una de las mujeres pioneras en Venezuela, famosa jardinera y amante de las flores y de la vida, y una de las primeras mujeres que manejó un automóvil en Caracas. Deja una hija, tres nietos y once hijas adoptivas.

Es co-autora del libro **Tun, tun, quién es** *(Caracas, Ediciones Ekaré, 1986).*

RAFAEL OLIVARES FIGUEROA *nació en Caracas en 1893 y murió en 1972. Fue poeta, ensayista, compilador y folklorista. Vivió muchos años en España y fue miembro fundador del "Frente Literario" de Madrid. Regresó a Venezuela*

128

en los años 30, donde se incorporó a los grupos vanguardistas, y junto con otros notables organizó el Instituto Nacional del Folklore. Fue colaborador de numerosos periódicos y revistas en Venezuela e Hispanoamérica. Como folklorista desarrolló una labor de incalculable valor, tanto en el rescate de materiales como en los estudios sobre ese tema.

PASCUALA CORONA es el seudónimo de Teresa Castelló de Yturbide, recopiladora de cuentos mexicanos desde la época prehispánica hasta el presente. Sus informantes principales fueron las nanas, esas grandes contadoras, y entre ellas, la suya propia, que se llamaba Pascuala Corona.
Teresa Castelló nació en marzo, el día en que empieza la primavera, lo que, según ella misma, significa "que aunque muchas veces te corten como a un árbol, vuelves a reverdecer, vuelves a revivir".
Es autora de mas de 25 libros sobre el arte y la tradición mexicana, entre ellos varios para niños.

PILAR ALMOINA DE CARRERA fue profesora de literatura hispanoamericana e investigadora especializada en literatura oral. Durante muchos años desarrolló una labor de recolección y análisis de materiales de literatura tradicional popular y ha publicado numerosos artículos sobre temas folklóricos. Fue profesora del Postgrado en Letras de la UCV.

Es autora de varios libros, entre ellos: *Éste era una vez* (Caracas, Inciba,1969), **El camino de Tío Conejo** *(Caracas, Ministerio de Educación, 1970),* **Había una vez veintiséis cuentos** *(Caracas, Ediciones Ekaré, 1985). Murió inesperadamente en febrero del año 2000.*

RAFAEL RIVERO ORAMAS *es una de las figuras más destacadas en la literatura infantil venezolana. Su actividad en este campo comenzó en 1926, con la fundación de tres revistas infantiles:* **El Fakir, Cuas Cuas y Caricatura.** *En 1938 fundó la revista* **Onza, Tigre y León,** *la mejor revista para niños que haya existido en el país, y en 1949 la revista* **Tricolor,** *que dirigió hasta 1967.*

Desde 1931 hasta 1962 dirigió y escribió un programa de radio: **Las aventuras del Tío Nicolás,** *en el cual narraba cuentos y leyendas, y que lo hizo famoso por toda Venezuela.*

En 1965 publicó **La danta blanca,** *primera novela venezolana de aventuras para niños y, en 1973,* **El mundo de Tío Conejo,** *una de las más acertadas recopilaciones de los cuentos de este personaje.*

MARGOT SILVA PÉREZ *nació en Barcelona junto con el siglo y murió en Caracas en 1983. Fue una mujer dulce y generosa, que contaba hermosos cuentos a los niños con una voz susurrada. Pero Margot fue también una mujer valiente, pionera del movimiento femenino y luchadora tenaz por la democracia en Venezuela: acompañó a estudiantes presos en el año 28 en la marcha hacia Guatire; fue detenida por la policía gomecista en La Guaira cuando venía cargada de propaganda contra el dictador; fue exiliada a Trinidad y regresó a la muerte de Gómez para participar en ORVE (Organización Venezolana) en 1936 y luego en la Asociación Cultural Femenina que luchó por el voto de la mujer venezolana.*